Ricardo's Race
La carrera de Ricardo

By/Por Diane Gonzales Bertrand

Illustrations by/Ilustraciones de
Anthony Accardo

Spanish translation by/Traducción al español de
Rocío Viegas-Barros

PIÑATA
BOOKS

Piñata Books
Arte Público Press
Houston, Texas

Publication of *Ricardo's Race* is funded by grants from the City of Houston through The Cultural Arts Council of Houston/Harris County, the Clayton Fund, and the Exemplar Program, a program of Americans for the Arts in collaboration with the LarsonAllen Public Services Group, funded by the Ford Foundation. We are grateful for their support.

Esta edición de *La carrera de Ricardo* ha sido subvencionada por la ciudad de Houston por medio del Concilio de Artes Culturales de Houston, Condado de Harris, el fondo Clayton y el Exemplar Program, un programa de Americans for the Arts en colaboración con el LarsonAllen Public Services Group, fundado por la Fundación Ford. Les agradecemos su apoyo.

Piñata Books are full of surprises!
¡Piñata Books están llenos de sorpresas!

Piñata Books
An Imprint of Arte Público Press
University of Houston
452 Cullen Performance Hall
Houston, Texas 77204-2004

Gonzales Bertrand, Diane.
Ricardo's Race by Diane Gonzales Bertrand; illustrated by Anthony Accardo; Spanish translation by Rocío Viegas-Barros = La carrera de Ricardo / por Diane Gonzales Bertrand; ilustraciones por Anthony Accardo.
  p. cm.
ISBN-10: 1-55885-481-9 (alk. paper)
ISBN-13: 978-1-55885-481-9
1. Romo, Ricardo—Juvenile literature. 2. Hispanic American educators—Biography—Juvenile literature. 3. Educators—United States—Biography—Juvenile literature. 4. University of Texas at San Antonio—Presidents—Biography—Juvenile literature. 5. Historians—United States—Biography—Juvenile literature. I. Accardo, Anthony. II. Viegas-Barros, Rocío. III. Title. IV. Title: Carrera de Ricardo.
LA2317.R58B47 2007
370.92—dc22
[B]
                                                                              2006051517
                                                                              CIP

7 8 9 0 1 2 3 4 5 6   10 9 8 7 6 5 4 3 2 1

This book is dedicated to Ricardo Romo's mother, Alicia Romo; to the memory of his father, Henry Romo, Sr.; to his wife Harriett, and to their children, Anadelia Alicia and Carlos Ricardo.

—DGB

For my beloved father Franco.

—AA

Este libro está dedicado a la madre de Ricardo Romo, Alicia Romo; a la memoria de su padre, Henry Romo, Sr.; a su esposa Harriet, y a sus hijos, Anadelia Alicia y Carlos Ricardo.

—DGB

Para mi querido padre Franco.

—AA

Ricardo Romo never dreamed that running for the bus could get him into college. He didn't know sweeping the floor could teach him about teamwork. Or reading labels on cans could make him a better student.

Who knew that a boy who liked to swim with his cousins in the San Antonio River could grow up to be president of a San Antonio university?

Ricardo Romo nunca se imaginó que correr para alcanzar el autobús le ayudaría a entrar a la universidad. Tampoco sabía que limpiar el piso le enseñaría a trabajar en equipo. O que leer las etiquetas de las latas lo convertiría en un mejor estudiante.

¿Quién hubiera pensado que un chico al que le gustaba nadar con sus primos en el Río San Antonio se iba a convertir en el presidente de una universidad en San Antonio?

The Romo family first lived in a house attached to their store on Guadalupe Street. Besides groceries, they sold *barbacoa*, *cabrito*, and *chicharrones*.

Ricardo Romo was five years old when his dad first handed him a broom and said, "Son, sweep up that front section of the store."

He also helped stack cans on the shelves. He carried groceries home for elderly neighbors in the Spanish-speaking area where he lived in San Antonio, Texas.

Some early mornings, people would knock on the back door of the house.

"Can I buy milk for my children's breakfast?"

"I need to buy bread to make sandwiches."

Ricardo always saw his parents serve customers with a smile.

La familia Romo vivió primero en una casa al lado de su tienda en la calle Guadalupe. Además de artículos de almacén, vendían barbacoa, cabrito y chicharrones.

Ricardo Romo tenía cinco años cuando su padre le dio por primera vez una escoba y le dijo: —Hijo, barre la parte delantera de la tienda.

Ricardo también ayudaba apilando las latas en los estantes. Él, además, le llevaba las bolsas hasta sus casas a los vecinos de edad avanzada que vivían en el mismo barrio hispano de San Antonio que él.

Algunos días por la mañana, la gente golpeaba en la puerta trasera de la casa:

—¿Puedo comprar leche para el desayuno de mis hijos?

—Necesito comprar pan para hacer los emparedados del almuerzo.

Ricardo siempre vio a sus padres atender a los clientes con una sonrisa.

As a child, Ricardo only spoke Spanish. He went to first grade at David Crockett Elementary School. Miss Mary Vela helped him to learn English.

Ricardo's jobs in the store also taught him how to read. He would ask himself, *How do you spell beans? How do you spell flour?* He learned numbers by counting the cans and boxes he put on a store shelf. By second grade, Ricardo was ready to attend Sacred Heart Catholic School with his brother, Henry.

About the same time, his family moved into their house on Monterrey Street. Close by lived Uncle Benny, Abuelita Romo, Tío Arnulfo, and his other grandmother, Estefana Cárdenas. On holidays and summer weekends, Uncle Benny invited all the families to his ranch by the San Antonio River. The men barbecued while the Romo cousins swam.

De pequeño, Ricardo sólo hablaba español. Fue a primer grado en la escuela primaria David Crockett. La señorita Mary Vela le ayudó a aprender inglés.

Los trabajos de Ricardo en la tienda también le enseñaron a leer. Se preguntaba a sí mismo: "¿Cómo se escribe 'frijoles'? ¿Cómo se escribe 'harina'?" Ricardo aprendió los números contando las latas y las cajas que ponía en los estantes de la tienda. En segundo grado, Ricardo ya estuvo listo para asistir a la Escuela Católica del Sagrado Corazón con su hermano Henry.

En esa misma época, la familia se mudó a una casa en la calle Monterrey. Cerca vivían Tío Benny, Abuelita Romo, Tío Arnulfo, y su otra abuela, Estéfana Cárdenas. En días feriados y durante los fines de semana de verano, Tío Benny invitaba a toda la familia a su rancho, cerca del Río San Antonio. Los hombres hacían barbacoa, mientras los primos Romo nadaban.

In Ricardo's family, everybody had to work. The grocery store was open seven days a week. Ricardo didn't like to sweep while his friends played, but he knew his parents depended on him to be part of the family team.

When Ricardo turned twelve, his father gave him the most important job of all. He handed the store keys to his son.

"It's time you locked up the store. At eight o'clock, put all the money from the cash register in you pocket and walk home."

Ricardo's eyes widened with surprise. He felt proud that his dad trusted him, but at the same time, his sweaty hands shook nervously as he took the keys. That first night Ricardo went home with the store money in his pockets, he walked as fast as he could. He walked ten blocks, but it felt like ten miles.

En la familia Romo, todos tenían que trabajar. La tienda estaba abierta los siete días de la semana. A Ricardo no le gustaba tener que barrer mientras sus amigos jugaban, pero sabía que sus padres dependían de él como un miembro más de la familia.

Cuando Ricardo cumplió doce años, su padre le dio el trabajo más importante. Le entregó las llaves de la tienda.

—Ya es hora de que cierres la tienda. A las ocho en punto pon todo el dinero de la caja registradora en tu bolsillo y ve a casa.

Ricardo abrió los ojos de par en par por la sorpresa. Se sentía orgulloso de que su padre confiara en él, pero, al mismo tiempo, sus manos sudorosas temblaron nerviosamente al agarrar las llaves. Esa primera noche en que Ricardo se fue a casa con el dinero de la tienda en sus bolsillos, caminó tan rápido como pudo. Caminó diez cuadras, pero le parecieron diez millas.

As a seventh grader, Ricardo and his brother took the bus to Horace Mann Junior High School, a long way from their neighborhood. Sometimes they walked home through the park around Woodlawn Lake. Ricardo realized he could run pretty fast when he ran to catch the bus so he wouldn't be late for work.

Then one day during PE class, Coach Bill Davis said, "I want everyone to run a mile—twice around the field."

Ricardo started running with his friends, but soon he left them far behind.

Afterwards the boys teased him. "You took a short cut!"

Coach Davis asked Ricardo to run a mile the following day and the day after.

Each time Ricardo ran the mile without breathing hard. He didn't feel tired.

Coach told him, "You're one of the best young runners I've ever seen. You're going to start training with me."

Early morning and afternoon runs were hard, but Coach Davis encouraged Ricardo every step of the way.

En séptimo grado, Ricardo y su hermano tomaban el autobús hasta la escuela secundaria Horace Mann, pues estaba lejos de donde vivían. A veces, caminaban hasta su casa a través del parque alrededor del Lago Woodlawn. Ricardo se dio cuenta de que podía correr bastante rápido cuando tenía que alcanzar el autobús que lo llevaría al trabajo a tiempo.

Un día, durante la clase de gimnasia, el entrenador Bill Davis dijo: —Quiero que todos corran una milla, son dos vueltas alrededor del campo de deportes.

Ricardo empezó a correr al mismo tiempo que sus amigos, pero pronto los dejó atrás.

Sus amigos se burlaron: —¡Tomaste un atajo! —le dijeron.

El entrenador Davis le pidió a Ricardo que corriera una milla al día siguiente, y los días después.

Ricardo corría la milla sin dificultad. No se sentía cansado.

El entrenador le dijo: —Eres uno de los mejores corredores que he visto. Vas a comenzar a entrenarte conmigo.

Era difícil correr temprano en la mañana y por la tarde, pero el entrenador Davis alentaba a Ricardo en cada paso.

One day the school counselor called Ricardo into her office. "Where do you plan to go to high school?"

He had practiced with the boys at Jefferson with Coach Davis, and he wanted to make their track team. He told the counselor, "I thought I'd go to Jefferson."

She shook her head and said, "That's a school for kids who can go to college. Why don't you go to Tech instead? You need to learn a trade for a job."

Ricardo's eyes lowered to the floor. He felt disappointed and sad at her words.

When he talked to his brother, who attended Jefferson, Henry told him, "It's hard to go to school where there are few Latinos. Maybe Tech is a better choice."

Their mother didn't want Ricardo to have any problems, so she also asked him to attend Tech. He listened to his family and chose the downtown school.

Un día, la consejera de la escuela llamó a Ricardo para que fuera a su oficina. —¿A qué escuela secundaria quieres ir?

Él había entrenado con los muchachos de Jefferson con el entrenador Davis, y quería estar en su equipo de atletismo. —Me gustaría ir a Jefferson, —le dijo a su consejera.

Ella negó con la cabeza. —Esa es una escuela para niños que pueden ir a la universidad. ¿Por qué no vas a la tecnológica mejor? Necesitas aprender una ocupación para trabajar.

Ricardo bajó la vista y miró al piso. Se sintió muy desilusionado y triste al oír esas palabras.

Cuando habló con su hermano, quien iba a la secundaria Jefferson, Henry le dijo: —Es muy difícil ir a una escuela donde hay pocos estudiantes latinos. Tal vez la tecnológica sea una mejor elección, hermano.

Su madre no quería que Ricardo tuviera ningún problema, así que ella también le pidió que fuera a la tecnológica. Él escuchó a su familia, y optó por la escuela del centro de la ciudad.

At Tech, Ricardo liked his business courses. He also liked to play basketball with his friends after school. One day, the school track coach came into the gym, and said, "We have a practice cross country meet tomorrow. Do any of you guys want to run?"

Ricardo raised his hand. "Yeah, I'd like to run." It seemed like a fun thing to do on a Saturday morning.

When he ran the race, Ricardo caught up to the front runner without much trouble. They ran shoulder to shoulder, but the runner from Burbank won the race by just a few steps.

The Tech coach came up to Ricardo afterwards and said, "Do you know that runner? That's the city champion you almost beat. Ricardo, you *need* to come out and run cross country for the school."

En la tecnológica, Ricardo disfrutó sus clases de negocios. También le gustaba jugar baloncesto con sus amigos después de la escuela. Un día, el entrenador de atletismo fue al gimnasio y dijo: —Vamos a tener una carrera a campo traviesa mañana. ¿A quién le gustaría participar?

Ricardo levantó la mano. —A mí. —Le pareció una buena idea para un sábado por la mañana.

Cuando corrió la carrera, Ricardo alcanzó al primer corredor sin demasiada dificultad. Iban cabeza a cabeza, pero el corredor de Burbank le ganó por unos pocos pasos.

El entrenador de la tecnológica se acercó a Ricardo después de la carrera y le dijo: —¿Sabes quién es ese corredor? Es el campeón de la ciudad, y casi le ganas. Ricardo, *tienes* que correr en el equipo de la escuela.

Realizing he could run as fast as a champion, Ricardo set an important goal. "I want to be the fastest runner in the state."

Every morning, he ran following the creek west of the high school. He ran every afternoon too. Some weeks he ran fifty to sixty miles.

Training as a runner taught Ricardo to plan ahead. He prepared for races that were months away, worked in the grocery store, and kept up with his classes.

By tenth grade, Ricardo had won every race but the state championship. Colleges contacted the school and asked if Ricardo wanted to run for their teams.

His track coach would tell the college scouts, "Ricardo is *only* a tenth grader." He told Ricardo about these offers, and said, "You need to start taking academic classes that can get you ready for college, Ricardo. Running can earn you an athletic scholarship."

Al darse cuenta de que podía correr tan rápido, Ricardo se puso una meta importante.

—Quiero ser el corredor más rápido en el estado, —se dijo.

Corría cada mañana, siguiendo el riachuelo al oeste de la secundaria. Corría también por las tardes. Algunas semanas corría de cincuenta a sesenta millas.

Para cuando estuvo en décimo grado, Ricardo ya había ganado todas las carreras excepto el campeonato estatal. Varias universidades contactaron a la escuela para preguntarle si Ricardo estaba interesado en correr para sus equipos.

—Recién está en décimo grado, —les decía su entrenador a los cazatalentos de las universidades. Él le comentó a Ricardo sobre estas ofertas, y le dijo: —Debes tomar clases académicas que te preparen para la universidad, Ricardo. Correr puede hacer que obtengas una beca atlética.

For the rest of his high school years, Ricardo took classes like English, history, math and science. During the week and on Saturdays, he trained or raced. He knew that running was his best chance to go to college.

The team chose him to be captain. He won race after race, and earned the respect of his team, his coaches, and other athletes.

The day Ricardo won the state championship in Austin, his parents said, "That's great, son. We're very proud of you. But we still need you to sweep, to cut meat, and to make deliveries in the neighborhood."

Ricardo might have come home with a champion's head in the clouds, but his parents kept him firmly planted on the ground.

Durante el resto de la preparatoria, Ricardo tomó clases como inglés, historia, matemáticas y ciencias. Mientras tanto, durante la semana y los sábados, entrenaba o corría. Sabía que correr era su mejor oportunidad de ir a la universidad.

El equipo de atletismo lo eligió capitán. Ganaba carrera tras carrera, y se ganó el respeto de su equipo, de sus entrenadores y de otros atletas.

El día en que Ricardo ganó el campeonato estatal en Austin, sus padres le dijeron: —Esto es magnífico, hijo. Estamos muy orgullosos de ti. Pero necesitamos que sigas barriendo la tienda, que cortes la carne y que continúes haciendo entregas en el barrio.

Puede que Ricardo haya regresado a casa con la cabeza en las nubes por haber conseguido el título de campeón, pero sus padres le mantuvieron los pies sobre la tierra.

Ricardo won two high school state championships in track and one in cross country. He had the second best time in the nation and was selected "High School All-American."

He received scholarship offers from many colleges, but he decided to run for the University of Texas in Austin. His running records gave him confidence even though the big campus was very different from his other schools. When he was named captain of the university track team, he accepted the privilege and led by example. He trained hard and studied hard too.

He majored in history because he wanted to teach and be a track coach, helping others as he had been helped. And he kept running, training everyday to become a better athlete.

Ricardo ganó dos campeonatos estatales de escuelas preparatorias en atletismo y una carrera de campo traviesa. Tuvo el segundo mejor tiempo en toda la nación y fue elegido como uno de los mejores atletas entre los estudiantes de preparatoria a nivel nacional.

Recibió ofertas de becas de varias universidades, pero eligió correr para la Universidad de Texas en Austin. Sus récords en las carreras corridas le dieron confianza, aunque el enorme campus fuera tan diferente a sus otras escuelas. Cuando lo nombraron capitán del equipo de atletismo de la universidad, aceptó el privilegio y se convirtió en un ejemplo a seguir. Entrenaba duro y estudiaba mucho también.

Se licenció en Historia porque eso era lo que quería enseñar. También quería ser entrenador de atletismo, para ayudar a otros así como otros lo habían ayudado a él. Y continuó corriendo y entrenándose todos los días para convertirse en un mejor atleta.

Ricardo earned good grades as a college student, but it was his athletic achievements that made everyone across America take notice. As a college freshman, he had the fastest time in the country. He earned "All American" honors as a senior.

In 1966, Ricardo became the first Texan to run a mile in less than four minutes. He began to dream about competing in the 1968 Olympic games.

He also found himself dreaming about a pretty college student named Harriett, with whom he fell in love and married. She had noticed Ricardo's warmth and generosity, sense of humor, and dedication to education, those same qualities that he admired in her.

Ricardo obtuvo buenas calificaciones como estudiante universitario, pero fueron sus logros atléticos los que lo hicieron conocido en toda América. En su primer año en la universidad, obtuvo el mejor tiempo en todo el país. En su último año, se le otorgaron honores a nivel nacional.

En 1966, Ricardo se convirtió en el primer tejano en correr una milla en menos de cuatro minutos. Y entonces empezó a soñar en competir en las Olimpiadas de 1968.

También se encontró soñando con una estudiante universitaria muy bonita llamada Harriet, de quien se enamoró y con quien se casó. Ella notó el candor y la generosidad de Ricardo, su sentido del humor, y su dedicación a los estudios, las mismas cualidades que él admiraba en ella.

With his new wife, Ricardo moved to California and joined the Southern California Striders, the best running team in the country. The team won a national championship with Ricardo's help. Then his back began to hurt from a pinched nerve. He could no longer train well. Disappointed, he gave up his Olympic dreams.

Although he couldn't run, there was plenty to keep him moving forward. He accepted a job teaching history in the Los Angeles public schools. He enrolled in the graduate program at Loyola Marymount University in Los Angeles. And he and his wife had two children, Carlos and Anadelia, to share their busy, happy home.

Con su nueva esposa, Ricardo se mudó a California y se unió al mejor equipo de maratonistas en todo el país, los Southern California Striders. El equipo ganó un campeonato nacional con la ayuda de Ricardo. Luego su espalda comenzó a doler debido a un nervio lastimado. Ya no pudo entrenarse bien. Desilusionado, renunció a sus sueños olímpicos.

Aunque no podía correr, tenía muchos motivos por los cuales seguir avanzando. Aceptó un trabajo enseñando historia en las escuelas públicas de Los Ángeles, en California. Luego se inscribió en el programa de graduados de la Universidad Loyola Marymount en Los Ángeles. Y él y su esposa tuvieron dos hijos, Carlos y Anadelia, con quienes compartieron su ajetreado aunque feliz hogar.

As a teacher and historian, Ricardo became fascinated by the art in the California neighborhoods: images of Our Lady of Guadalupe, Mexican heroes, and other cultural symbols. He grew interested in Mexican-American history and taught his Latino students to feel proud of their cultural contributions. He also taught special classes during the summer and on Saturdays to help his students get ready for college.

Ricardo continued to build new dreams that more people could share. As Ricardo taught in universities and finished his doctorate degree in United States History at the University of California in Los Angeles, he mentored other graduate students, preparing them to teach and work in their communities.

Como profesor y como historiador, a Ricardo le fascinaba el arte en los vecindarios de California: imágenes de Nuestra Señora de Guadalupe, de héroes mexicanos y de otros símbolos culturales. Su interés en la historia méxicoamericana creció y les enseñó a sus estudiantes latinos a sentirse orgullosos de sus contribuciones culturales. También enseñó clases especiales durante el verano y los sábados para ayudar a sus estudiantes a prepararse para la universidad.

Ricardo continuó construyendo nuevos sueños que más gente podía compartir. Mientras Ricardo enseñaba en distintas universidades y terminaba su doctorado en Historia de los Estados Unidos en la Universidad de California en Los Ángeles, Ricardo fue mentor de otros estudiantes graduados, preparándolos para enseñar y trabajar en sus comunidades.

Since moving back to Texas in 1980, Ricardo Romo has taken a "team captain role" in the universities where he also taught classes. He's a devoted family man, he walks every day for exercise, and he continues to take the lead in education programs and community service.

As president of the University of Texas in San Antonio, Ricardo Romo has come home. He runs shoulder to shoulder with students, educators, and community leaders in a race to educate the next generation.

And in Ricardo's race, everyone wins!

Desde que se mudó de nuevo a Texas en 1980, Ricardo Romo tomó el rol de "capitán del equipo" en las universidades en las que enseñó. Él es un hombre devoto de su familia, camina todos los días para hacer ejercicio, y continúa tomando la iniciativa en programas educativos y servicio comunitario.

Como presidente de la Universidad de Texas en San Antonio, Ricardo Romo está de vuelta. Corre cabeza a cabeza con los estudiantes, educadores y líderes de la comunidad en una carrera para educar a la próxima generación.

Y en la carrera de Ricardo, ¡todos ganan!

Diane Gonzales Bertrand discovers many wonderful stories inside her own community. Like Dr. Ricardo Romo, Diane was born and raised in San Antonio, Texas, worked in her family's business, and studied to become a teacher. She graduated from the University of Texas at San Antonio in 1979 and earned her graduate degree from Our Lady of the Lake University in 1992. Her bilingual books for children include *The Empanadas that Abuela Made/Las empanadas que hacía la Abuela, Upside Down and Backwards/De cabeza y al revés,* and *The Ruiz Street Kids/Los muchachos de la calle Ruiz.* She teaches at St. Mary's University where she is Writer-in-Residence.

Diane Gonzales Bertrand descubre muchas historias maravillosas en su propia comunidad. Al igual que el Dr. Ricardo Romo, Diane nació y creció en San Antonio, Texas, trabajó en el negocio de su familia, y estudió para convertirse en profesora. Obtuvo su licenciatura en la Universidad de Texas en San Antonio en 1979, y continuó sus estudios de posgrado en la Universidad de Our Lady of the Lake, donde se graduó en 1992. Sus libros bilingües para niños incluyen *The Empanadas that Abuela Made/Las empanadas que hacía la Abuela, Upside Down and Backwards/De cabeza y al revés* y *The Ruiz Street Kids/Los muchachos de la calle Ruiz.* Actualmente enseña en St. Mary's University, en donde es Escritora en Residencia.

Anthony Accardo was born in New York. He spent his childhood in southern Italy and studied art there. He holds a degree in Art and Advertising Design from New York City Technical College and has been a member of the Society of Illustrators since 1987. Anthony has illustrated more than fifty children's books; he is perhaps best known for his work on the Nancy Drew Notebooks series. His paintings have been exhibited in both the United States and Europe. Anthony Accardo lives in Brooklyn.

Anthony Accardo nació en Nueva York. Pasó su niñez en el sur de Italia y allí estudió arte. Obtuvo su Licenciatura en Art and Advertising Design en el New York City Technical College y fue miembro de la Society of Illustrators desde 1987. Anthony ha ilustrado más de cincuenta libros infantiles; él es muy conocido por su trabajo en la serie de Nancy Drew Notebooks. Sus pinturas han sido exhibidas en Estados Unidos y Europa. Anthony Accardo vive en Brooklyn.